Syado

Miyoko Tsuruoka
鶴岡美代子

歌集

斜度

現代短歌社

目次

装幀・間村俊一

斜度

暮れゆく早し

枝打ちのされぬ檜《ひ》の山夕つ日の射す隙間なく暮れゆく早し

初秋の風に狗尾草の穂の光ればふともかろきめまひす

栂池

鹿島槍、唐松、五竜を見はるかし斜度三十度ゴンドラに昇る

紅葉の山のをちこちにダケカンバ裸となりて白炎と立つ

落とすものすべて落としけだかさにダケカンバ秋日に銀に輝く

木道のわれらのあとさき飛ぶあきつ二人の会話聞きゐるごとく

ワタスゲもチングルマも褐色に震へる湿原《はら》にまなく雪来む

雲や霧生れては消ゆる山の空飛行機雲の太ぶとはしる

あざやかな紅葉の山もしばらくを霧にかくれて休めるごとし

ゴンドラに昇りて下れば紅葉の初めと盛り、終りを見たり

紅葉の山をおりきて秘湯めざす道沿ひの杉のみどりけだるし

葛温泉

三つ四つ湖を右手にゆく山路暮れはじめたり車をせかす

結氷の今年なかりし湖にブラックバスの増したると聞く

秘湯の犬

源泉の絶えずあふるる湯に足りて出でむとすれば大犬の影

鼻で戸を開けて入り来し秋田犬脱衣所のなか一巡りする

脱衣所をのつそり巡りて秋田犬足拭きマットにごろり横たふ

浴場の戸の陰にて脱衣所の大犬去るをのぼせつつ待つ

犬去りし脱衣所の戸を押さへつつ手早く浴衣を着けて窺ふ

緊急用電話のあらず　脱衣所の引戸開ければ犬と眼の合ふ

泊まり客我らふたりのほかになし　酔ひたる夫はすでに寝てゐむ

脱衣所に一晩すごす覚悟せる途端に胸の動悸たかまる

脱衣所の電気を消してしばしのち戸を繰れば犬の気配のみえず
足音を忍ばせあたりに眼を凝らしその後《のち》われの部屋へとはしる

七年祭り

旧道に並ぶは旧家門ごとに七年祭りの注連縄をはる

磯出式《いそでしき》ひかへて準備の氏子らし蔵開け神輿に礼《ゐや》して入る

子守神社

神木の銀杏黄葉と御神輿のともに眩《まばゆ》し　小春の境内

黄金の瓔珞《やうらく》めぐりにゆらぎゐる神輿は七年祭り用とよ

かつて浜たりし一画残されて安産神事執り行はる

竹矢来《たけやらい》の産屋と神輿の載る御塚《おつか》造らるファーストフード店の隣り

竹矢来の竹の緑と黒土の御塚の法《のり》のともにつややか

父母産婆子守りの役の四つ神輿載る御塚も四つ造らるる

七歳の女男が盥のなかに立ち夜の満潮時にハマグリ交はす　磯出式

安産の神事行ふ産屋みて石女たりしをつと思ひ出す

六百年つづく祭りと聞けばなほ石女の婁身を小さくする

奉納の白旗めざしゆくわれらを法被のわかもの追ひ越してゆく

背に「は」の字赤く染め抜くお揃ひの法被はけふの空より青し

しろぬりの稚児、警児《けいじ》の集まれり手を引く母らも晴れ着に明かし

紋付の大人衆揃ひ樽神酒《みき》も整ひたるに神官が来ず

磯出式終へて戻りし御神輿が花送りとふ地域《ちぬき》廻《めぐ》りす

鏡割りのながれの御神酒いただきて斎庭《ゆには》出でゆく神輿に従けり

きらびやかな神輿の渡御《とぎょ》に住民の意気最高潮　おひねりの降る

御捻りの次々降れる辻に来て神輿は慣ひと二度三度もむ

広庭の旧家のつづく田舎道東道の友の実家も近し

稲田《ひつぢだ》と枯れ休耕田の混じりあふ低地にあまねし小春の日差し

代替りすれば旧家も建て直し皇帝ダリア前庭に咲かす

神事にて産れけむ両男女《りやうとめ》役の二児二昼夜つとむも笑むゆとりあり

両男女の役つとむるは神官の血筋にかぎる家の児といふ

注連《しめ》の径《みち》自転車に父子《おやこ》過ぎゆけり新住民は氏子になれず

「首塚」の掲示に祭りのみちそれて冥界のぞくおもひに登る

首塚への山径草の刈られゐて紫式部の珠実いざなふ

丸、四角の大石七つ首塚のわが丈見下ろす高さに重なる

豪族のありて戦のありしことまざまざと伝ふる大き首塚

——千葉一族の内乱により命を落とした馬加康胤の首塚

東日本大震災

防波堤を越えし津波がアメーバの動きに街中の道路《みち》ひたしゆく

コメンテーターの話は要らぬその時間避難者の顔を二秒づつ映せ

避難所の寒さと餓ゑに老いら死す　先進国と言へるや日本

六角堂も跡形のなし　大観も春草もさらにはるけくなりぬ

唯一の被爆国にて原発の安全は世界一と思ひてゐしに

絶対にあつてはならぬ原発事故ここも箍《たが》が緩んでゐたか

大地震《なゐ》より二週間目　汚水被曝、放射能漏泄が現実となりし

被災地の映像に涙する日にも咲く藪椿の紅深し

大地震、津波、原発事故どれも極めし惨状世界史に残らむ

液状化に波打つ道を行く車なんどもバウンドしながら走る　佐原

市役所の玄関も液状化に浮きあがり増したる段差が膝にひびくも

電線はたるみ電柱は傾きて並べりわれもかたむき歩く

液状化の被害のパネル指し示す女性職員わかくうつくし

おそらくは浮きしコンクリート砕く音人影みえぬ路地より聞こゆ

液状化の家より避難の住人《ひと》暮す体育館に夕つ灯ともる

購入時何千万円もしたる土地今百円でも買ひ手のつかず

忠敬の家また古き商店の瓦屋根覆ふブルーのシート

液状化の砂で埋まりし川に沿ひ咲く八重桜花色くもる

ガラス戸を朝に夕べに震はすは風か余震かはた前ぶれか

電力の自由化にはかにかまびすしついてはゆけぬひとつかこれも

気力は無力

若き日の記憶が登山をそそのかし左脚引き摺る結末となり

枕辺に幾種ものシップと消炎軟膏置きて安心と言ふにもあらず

診断は膝と股関節の弛みとぞ年齢度外視の気力は無力

五センチの段差上るに左足ためらひてをりすなはち上がれず

重体の次兄が吾に遺言のごとくＭＲＩ検査を勧む

スイスでの登山の旅をキャンセルす半時歩く自信のなくて

吾《わ》に見よとばかりに広告大きかり「老けない体は股関節で決まる」

歩いてはきざす痛みに怯えつつ歩かずをればなほ不安なり

「悠」と呼びませ

「悠」と刻む君がみ墓よ　名のあらぬ御子の名然《さ》うよ「悠」と呼びませ

伊東悦子様墓参

ふるさとの空とみどりと風の音　君やすらかにねむりいまさむ

香を焚き手を合はせればまなうらに健やかな日の笑顔顕ち来る

草なかに大小二つの青蛙伊東さん親子となぞらへて見つ

赤彦の間

「赤彦の間」に泊まりつ赤彦や茂吉に縁《ゆか》る文書ある部屋　上諏訪温泉布半旅館

和洋三間、回り廊下、露天風呂むかしの歌人は裕福たりし　「赤彦の間」

「みづうみの氷」の歌の掛け軸は茂吉の書なりおもおもと垂る

どこかでみたやうと話せば赤彦の写しゑ子規に似るといふ声　島木赤彦記念館

くろぐろと古りし中折れ帽子あり明治生まれの父も持ちゐし　今井邦子文学館

女流歌人多くを生みし「女子文壇」陳ぶ幾冊にこころ高ぶる

河井酔茗見込みしひとり邦子女史けだかき容貌のうつしゑならぶ

かならずしも幸せたりしといへざりき今井邦子の一生《ひとよ》を知れば

かかることにも

いくつ蝶飛ぶも小鳥の影みえず晴天に降れるものをし憂ふ

被災者を思ひて己に戒めし不平、不満四月経て出づ

「秋田産他《ほか》」の「他」にのばしたる手が縮みたり野菜売り場に

ひとしれず哀しみ秘むるや槿花くらきくれなゐ花底に滲む

地の上に羽化して鳴かず這ふセミらかかることにも放射能思ふ

失敗したり

この所故障つづきのわが体古りしレンジを買ひ替へてみる

わが怠惰証してはびこるどくだみの白花こぞりてわれに向きをり

欠席の通知をだして騒ぐ胸老いゆくこれから慣れねばならぬ

おろそかに人には言へぬ事胸に昨日は食べすぎ今日はやせをり

聞き役でけふも終りしランチの会ひ悩みあらざるわれならなくに

立つところ失敗したり目の下の座席に目覚むる気配のみえず

夜の電車の優先席にねむりゐるわかもの君らも疲れをるべし

遣り残しおぼゆる日頃夢に見し辛夷はしろく満ちゐしものを

次兄逝きて

次兄の死報告せむと考妣《ちちはは》に香焚く瞬《とき》にこみあぐるもの

兄逝きて義姉に増したる白髪も半年すぎて馴染みて来たり

十五歳の次兄が購《か》ひし『新撰漢和辞典《かんわじてん》』野球少年学にも励みき

学了へて帰郷せし次兄《あに》の蔵書のなか『新撰漢和辞典』にわが目の留まる

厚さ六糎一一五〇頁の『新撰漢和辞典《かんわじてん》』兄の書架より無断で抜きし
（三省堂刊）

昭和二十八年七百円の『新撰漢和辭典』裏表紙にYamaguchiのサイン

次男ゆゑ祖母方の姓「山口」を名告りき十五《じふご》歳までの年月

表紙の赤はげ始めて漢和辭典われの手元に五十年経し

歌詠みとなりたる吾をいかばかり助けくれたり『新撰漢和辞典』

ぐさぐさに綴ぢ目毀《こぼ》れし『新撰漢和辞典《かんわじてん》』恩かぎりなく座右に常おく

背表紙はめくれて紙はこげ茶色の『新撰漢和辞典』が形見となりぬ

催馬楽神楽――鷲宮神社

昨夜《よべ》よりの雨のあがりて武蔵国催馬楽神楽《むさしのくにさいばらかぐら》の斎庭《には》に日の射す

境内の木々のみどりに沁みてゆく遠つ代とおなじ横笛の音

「八雲たつ」の神詠捧げて始まれば神楽殿につつしみの満つ

端神楽《はかぐら》を緋のはかまに舞ふわらべ紅の口もと緩むことなく

常緑の榊と篠をそれぞれに持てる男の「栄《さか》え木」の舞《まひ》

大宮女命《おほみやめのみこと》を舞ふ児《こ》手にかざす鏡に己いかにうつるや

腰を引き首を振り振り歩みゐる翁の総身おきなただよふ

翁面さながら手力男命《たぢからをのみこと》笑みたり天《あま》の磐戸《いはと》開《あ》きゐむ

翁面つけたる手力男命《たぢからをのみこと》笑まへばわれもつられてほころぶ

巫女《みこ》の舞をどる二少女鈴の音を合はさむと互みに面差し硬し

天狗面に舞台狭しと猿田彦神《さるたひこ》舞ひ終へてつく太き息かな

伊邪那岐命《いざなぎ》と伊邪那美命《いざなみ》いくど浮橋をめぐれば即ち大八洲《おほやしま》生る

身長も伸びしと聞きたる六年生今年かぎりの巫女の舞まふ

涙ながすも

幾そ度涙ながすも戦争とおなじく大震災《なゐ》の経験の無し

大震災《おほなゐ》の経験あらねば本当のかなしみ知らずやすく涙す

ふるさとの復興支援と友くれし陸前高田の地酒「雪っこ」

降雪の被災地思ふいくばくの寄付よりほかに為すすべのなく

一歩前に踏み出しして映る人の何倍も踏み出せぬ被災者のゐむ

十月《とつき》すぎ四十雀、尾長、尉鶲、鵯、鶫、見るやうになり

大空がつづいてゐれば風もふけば汚染のなしとおもはず食べる

歌碑ならぶ湖のほとりをもとほりつ花なきさくらに見えぬもの怖る

うぐひすに上手と声を掛けて過ぐ道祖神様の森の小径を

澱

乗り換へは二回一時間ゆられゆく通院のわれ健やかならむ

七十年生くれば澱もたまりゐむ両肩回せば鈍き音鳴る

リハビリはあせらず徐々にと誰も言ふわが性格に楔《くさび》うつごと

気短なわが性幾分ふるさとの風に因《よ》るかも父似と言はる

身の障り増すたび父母兄姉の吾が歳の頃かさねて思ふ

「腰痛」と言へば「ストレス」と返しくる吾をつぶさに知りゐるごとし

日当たりのよき場所えらび移りゆく知恵もあらざる我の来し方

上《かみ》の句に悩めば降りて裏返すしやうがの片々のそれぞれの反り

ゼムクリップ残りて光るに夫の目がとまらぬやうに小皿をずらす

ブータンの幻のアゲハの舞ひ姿くり返し映せばくり返し見る

両の手を広ぐるさまの夕月をみおろす金星あるじのごとし

金星の真下の夕月その真下じよじよに光を増せる木星

知らぬ間に痛み感じぬ奥歯なり身より一足早く死にしか

誤字消しし隙間そのまま送りたる葉書をいまごろ笑ひをるべし

根の上

一日をほとんど寝てゐる老いネコに行つてきますと告げて出できぬ

今日も根の上に自転車の置かれゐて泣きゐむ駐輪場の欅樹

盛り上がる欅の根の上《へ》に自転車をおきしを詫ぶるも改札口まで

体温を持てるがごとき裸婦の画にみとれつつしかし何かが足らぬ

国道をそれて降《くだ》りし弓池に鴨ら逆さにシンクロナイズ

老桜の玄々《くらぐら》の幹に両手当て壮の男幹《を》に何を聞きゐむ

暮れなづむころにいきいき庭に咲くピンクの三時草黄の白粉花

石塀の隙間を覗く下校児ら「をばさんちのヤモリください」

予定通り仕事を終へて杯に干すビールが喉をしびらせて過ぐ

姪からの地酒を開けて酌みあへばどちらともなく仲直りせり

菜を浸す水桶の縁を庭歩くごとくに菜虫が尺を取りゆく

修善寺随想

壇ノ浦に平家討ちしも頼朝に殺められたる弟範頼《のりより》
範頼をまた義経を死なしめて天下取りしも七年に終ふ
源頼朝

将軍職一年のみで幽閉となりて頼家二十一《にじふいち》歳に死す

みづからの子を自が一族殺めしを母なる政子如何に耐へしか

供花絶ゆることなき墓の傍らに主を守りし十三士の墓

頼朝の子に生れざれば殺さるること無かりけむ生は択べず

浄らかに墓保たるればその裔《すゑ》ら居るやもしれぬと町一望す

権力が為に骨肉の争ひす人間《ひと》在るかぎり世界のうつつ

大氷河

四千メートルの天頂白雲《くも》のさらずゐてどこまで氷河かどこから空か

北壁と東壁の合ふ鋭かる稜線がうつつの目の前に伸ぶ　マッターホルン

大氷河白一色にあらずして起伏のぞかす灰色の磐

肌色の部分もありて巨大獣氷河に今し目覚むるごとし

ねむりゐる巨大恐竜の肌の皺想はする曲線氷河に幾重

大氷河の流れを示す表面の幾重の曲線下方へまろむ

年間に数メートルは動くといふ氷河といへど永久ならず

崩落の断面の碧汚れなしと指差す友の温暖化憂ふ

遠望の氷河に線とみゆる川ゆたかな水の源ならむ

大氷河いくつ従へ暁に輝く高峰をホテルより仰ぐ

マッターホルン

題詠「波」と「ひる」

咳つのる夜のわが呼気吐くときにひるひる気管に引く波の音

おぼろげにさざ波をなす羽の音次第にましてひる寝より覚む

昼餉のあとひととき横になる日頃波瀾万丈の生はのぞまず

青空に白波のごと飛ぶ鷺のひるの満月に吸はれゆきたり

雨後の波打ち上げたりし海藻《かいさう》の炎暑の浜に音たてて干る

スズメらの影のひそめる昼日中鳥追ひだけが波のごと光る

タイランド湾――飛鳥Ⅱ船上短歌教室

階上のカフェにて遅き昼食《ひる》をとる果てなき大海けふも見ながら

凪に凪ぐ油のやうな海の面をととし洪水のありしこの湾

タイランド湾

ぬつたりと油のやうな湾の面船生む波もぬつたり黒し

蜃気楼のやうに水平線上をゆく白き船石油積むらし

目指せるは同じ港か船縁《ふなべり》を水面すれすれにカルゴのすすむ　カルゴは運搬船

われら乗る客船の横波受けながらカルゴ船速度をあげて過ぎ去る

党首討論左の耳に聞きながら午後の船室に添削つづく

東京は雪との報に得をせし如くにこころの軽む洋上

日に一回メール送れば数日に一回届く夫の返信

手作りの料理をメールにつたへきて最後に猫が待つてると添ふ

淡々しきは

賑はひの中行き行けど花色の淡々しきはわが心かも

光る翳る揺るささめくは花にしてそがひの空もわれも黙せり

青空を背後にはなの影くらく仰ぐ上枝に蕾の多し

臥す龍のごとき太枝に花ふさのいくつ吹き出づ幼子のやう

枝枝の先の蕾も膨らめり咲き満つる前の力ためつつ

咲き満つる日をひかへて桜花ひとつ散るなく風を躲せり

はな愛づる人ら溢るるかたはらに折しもラファエロのマリアもゑめり

人に倦み桜に倦めば土を乞ひみどりの木々の下にくつろぐ

願ひ事憚りてをり災禍経て仏頭のみの大仏さまに

花の下行き巡るも小半時花に圧されて帰り路につく

千年桜

花を見に来しが一面雪景色此度の旅の吉凶いづれ

雪の上の踏み跡さらに踏みてゆく滝となだるる花影もとめ

丘の上の千年桜の太き幹さながら据《すわ》れる大岩のごと

千年の桜四方に伸ばす枝千年の悲苦うねりに見する

咲き満てる花に卯月の雪止まずあはきくれなゐなほあはくして

千年のさくらまとへる雪衣両の振袖重々と垂る
みづからも雪衣纏ふ花翳に顔無き女のしろきまぼろし
みすやの縫ひ針

針仕事たまにはせよと賜りぬ京都みすやの針具一式

宮中の御簾《みす》の中にて針作り務めて賜びし「みすや」の屋号

十センチ足らずの桐の針箱に針、糸、鋏、針山収む

戸出の夫言ひ置きしシャツの綻びを縫はむと開くるみすやの針箱

針つつむ銀紙さへも色渋く畏れつつひらく針の包みを

針の孔小さしと思へど老眼の吾にも糸のたやすく通る

糸誘ふ僅かな傾斜が針孔にあるもみすやの針の特長

三つ折りの厚布を縫ふみすや針曲がらず折れずしなやかに進む

縫ひ針の表面の細き縦筋は御用針司の秘術のひとつ

「御菓子司」と実家も「司《つかさ》」を名告りゐきその故由《ゆゑよし》を一度聞きしが

針仕事まれなるわれが四百年の秘伝針にて夫のシャツ縫ふ

閉店

間接に来し閉店の連絡に実印携へ ふるさとへゆく

店閉ぢし病身の兄老い深め従業員らは健やかに去る

人件費嵩む戦後の経営が中小企業追ひ詰め来しか

一人娘嫁がせし時予想せし閉店が今や現実となる

作りさへすれば売れると惜しむ声家内にあり客にもあまた

母を追ひわれら弟妹を寄せず来し嫂《あによめ》が然し店を守《も》り来し

日に幾度赤城おろしの砂埃拭きゐし窓や棚に目がゆく

日本画の四季の掛軸飾りゐしウィンドウに菓子の空箱積まる

深水の真筆になる「武蔵屋」の扁額この後を吾の問ふまじ

今上天皇嘉《よみ》せし打ち菓子「松が枝」の麦粉と餡に父魂かけし

老い夫の介護も担ふ姉つひに店を閉ぢたり冷夏八月

病む兄の体調次第の商ひに買ひゐし苦情も閉店に絶ゆ

ふるさとの宿に見てゐる板壁《かべ》の染み鬼に見えたり仏にも見ゆ

食べ物を商ふ苦労絶えざりき彼岸の父母も許しをるべし

虫喰ひの拡がるごとく閉店舗つぎつぎ空地と変はるふるさと

嫂の持たせて呉れし最後の菓子折供へしままに賞味期限過ぐ

稲妻に浮かびてをらむ看板を降ろしし実家の切妻の屋根

「武蔵屋」の娘名告りて甘えゐしふるさとがまた遠くになりぬ

実家《さと》の店閉ぢし告げむと電話かけ無沙汰を詫びしのみに終りぬ

盛り米

帰り来て荒々ドアを閉めゐしが今朝は雪面に米を撒きをり

盛り塩にあらず盛り米訝れば雪積む朝の鳥のためとふ

新聞を取る時ありし盛り米の戸出の夫送る時には皆無

活けしまま萎れさせたる薔薇、菊に熱き湯吸はす何度も吸はす

枝に挿すみかんに近づく目白らを威嚇する鵯吾の憎めず

しばらくを机に対ひ立つ度に腰より足に痛みが走る

大粒の銀杏賜びし節分の今宵は夫に茶碗蒸し作らむ

叔母逝く

病篤き叔母が子の無き寂しさを子の無き吾に会ふ度に言ふ

吝嗇に生きて飾らず旅せずき叔母が万の華で飾らる

亡き叔母の若き日の品写真など我らも老い人捨つるほかなし

処分

実家《さと》の店舗《みせ》売りに出てると人づてに聞きたる姉が電話掛け来ぬ

工場は疾うに失せしも実家の店も住まひも今や人手にわたる

兄たちの逝きて残りし姉も吾《わ》も老いの身なれば何も継ぎ得ず

父そして叔母の遺愛の品々を売れば車代ほどの額

深水の真筆になる「武蔵屋」の屋号の扁額泣く泣く手放す

古備前の水差ひとつ亡き父につながるものとわれ持ち帰る

百越ゆる打ち菓子の型「武蔵屋」の名のある幾つを従兄提げゆく

三世代加へて丁稚ら共住みの戦後の実家活気のありき

電気水道止めしを告げて明日からはわれらの実家が実家でなくなる

叔母の死で実家《いへ》ごと地主に返したり六十六年の謝意をのべつつ

黒土潤む

昨夜降りしぼたん雪の置きみやげ縦樋《とひ》一本庭に落ちゐる

雪の予報おして出で来し円空展木彫り仏の林立に遇ふ

みちのくの雪の中にも鑿打ちて彫りし仏の口元笑まふ

はなびらの小振りとなれるシクラメンに日脚伸びたる光の届く

灰色に凍えてをりし木々の幹ほのか赤みをおびてうるめり

ペットボトル音立て転がりゆく先につぼみふふめる枝垂れ紅梅

起こされし黒土潤む畑のうへ鳥がスキップしながら漁る

窓外に去りゆく梅の木南下するほどに花増し熱海で祭り

春風にさそはれて来し駿河なる沼津にあふぐ白き富士の嶺

冬枯れのはまゆふの株おのおのの葉が根元から色取り戻す

牧水記念館

記念館の前庭に並ぶ幼松後の世牧水の足跡伝へよ

旅人《たびと》抱き貴志子とならぶうつしゑの牧水まこと父の顔して

全国はもとより韓国にも行きたりし旅にて揮毫の酒の歌陳ぶ

酒ゆゑに若死にしたり愛用のこれぞ柳と蝙蝠の盃

牧水の散策に来し松原に富士の嶺《ね》見えず鳶の声徹る

千本浜公園

牧水が黒松を詠みし松原に幹だけとなりし老松の立つ

太太と立つ老松の間ゆく牧水の幻なぜか和服の

牧水の歌碑訪へばご褒美のごとく海人《かいじん》の歌碑にも遇へり

明石海人

牧水が愛でし松原の松の幹白みてみゆる春の漏れ日に

題詠「乗り物」

モノレールの窓の遠富士あらたまの年の吉事《よごと》と客らと眺む

渋滞を眼下に見つつモノレール五分で乗り換へ駅に到着

積雪にバス無く電車も間引く日は一二〇%の乗車率なり

モノレールの中は引率さるる声動物公園駅まで三つ

強風をまともに受けてモノレール心をどりのごとく揺れをり

モノレール通りて馴染みのタクシーの運転手さんに会はなくなりぬ

十五分惜しみて夜はなほのこと立ちつぱなしの快速えらぶ

上京の折の三度の乗り換へと高速バスの運賃比ぶ

零時過ぎ壜の触れ合ふ音のして小型トラック門前を去る

空穂記念館色紙展

早朝の千葉発「あずさ3号」にゆく信濃路真夏の緑

平成二十五年七月

雪渓と落葉松林はまたの日に今日は空穂記念館を訪ふ

細長く諏訪湖見えれば「氷湖」の歌残しし武川氏のお姿浮かぶ

駅前より乗りしタクシー和田中の交叉点をゆきつもどりつ

空穂記念館《きねんくわん》を探せずにゐるタクシーゆ輝く青田の広がりを愛づ

生垣のみどり其に沿ふせせらぎの似をるも路地に記念館あらず

ケイタイに確かめ着きたり祝開館二十周年の色紙展最中

「信州を詠ふ」がテーマの色紙展まづ章一郎《しやういちらう》の作品仰ぐ　窪田章一郎氏

十九年の会の幾人と吾の色紙こもごもながめてひとときを足る
自歌「碑の在処《ありど》をしへくれむと信濃女の抱へなほせる蕗が匂ふも」

タクシーを待たせてをれば別室の「松本と北杜夫展」観ざるまま辞す

ねぶた

机《き》に二つ銀の鈴あり手にとりて振ればねぶたの夜の音する

はるばると来たる葉月の陸奥の国あぢさゐと合歓道を彩る

鈴の音と太鼓の連打聞こえ来ぬいにしへの魂運び来るがに

鈴、太鼓、「ラッセラ」の声のあとに来し武者絵のねぶた辻に揉み揉む

見得をきるさまにギョロ目の武者迫る右へ左へ山車沈ませて

血が騒ぐと故郷の祭りに帰省せし修験者姿のわが前に跳ぬ

跳人《はねと》

をみなごの跳人《はねと》がわれに銀の鈴たまひぬあはれな婆と見えしか

一人を抱き一人の手を引く若き女男《めを》転勤族か連に列なる

「おかえりの言葉が非行を防ぐ」の灯《ひ》掲げてゆくは高校の山車

「八犬伝」のねぶたにおのづと胸をどり過ぎたる後もながく目に追ふ

叔母だけが

吝嗇に一生《ひとよ》を終へし叔母なれどその叔母だけが実家《さと》を守りき

武蔵屋の娘と生まれて八十七年嫁ぐことなく誇り保《も》ちゐき

わが実家の売却告ぐれば時同じく従姉も実家の売られしを言ふ

血縁のあるなしの違ひを思ひたり実家の売却を為しし嫂らに

叔母亡き後の半年間が一月《ひと》のやうに思へて事務処理済まず

足腰の丈夫なうちにどこへでも行くべしは叔母の心《しん》からの弁

独り居の自由人自立人にて二十年来しも病む日は涙してゐし

独り居を守り来し叔母が人も世も冷静にするどく見詰めゐしかも

侘び住みにもトラック五台分の物、物、物、もつたいないの時代を生ききて

書きおかむことあるべしと思へども実家《さと》消えし寂しさ身内《みぬち》に満てり

十を話せば

母亡き今母のごとしもわが生活《たつき》の十を話せば十聞き呉るる

北田いそ子様

散歩道の話題はおほかた夫にして老いたる今は嘆きの多し

森抜けて谷津田まで来ぬ君も吾も足腰の痛みけふは言はずに

青空にひく幾すぢの雲見つつ間なく我らに来む冬思ふ

白き雲生る

この年を惜しむごとくに舞ひながらゆつくり落つる桜もみぢ葉

この年を潔く終へむと大槻は枯葉を雨と降りこぼすなり

逝く雲はかへることなし　そのあとの澄みたるそらに白き雲生《あ》る

日中の関係以上とわれ言へば宅配の女家内《ひとやぬち》を窺《うかが》ふ

庭に二つ大葉を落とす夫の橡《とち》年々伸びればわが癪の種

汚染水日々三〇〇トン流出の国のＴＶはお笑ひばかり

汚染水の引け目のあれば飛来するＰＭ２・５《たいきをせん》に文句の言へず

久々に独り寝る夜いつか来む日のこと思ひ深々《しんしん》とをり

悼　小高賢氏

「その分ぢやまだ知らないね」丹波氏より二月十一日まひるの訃報

だれもだれも事伝へ聞くそれだけで受話器のむかうことばをなせず

地下鉄を出づれば「鷲尾賢也儀」の案内板《あないばん》ありなみだ滲み来

わが『蓮』の文庫解説の原稿が机の上にありきと妻《め》の君

通夜からの帰り路小木氏が交通事故と諭しくれたりいくばく腑の落つ

隅田川わたるとき吹雪の中宙《なかぞら》に色白の面顕ちてほほゑむ

吾と初に出逢ひしときを全歌集の序に書き遣らむとうれしげに言ひき

小市民に徹して会でも偉ぶらず気取らずわれらを導きくれし

幾年間十九年会の事務局の吾にもろもろ指示し給ひき

社会、時代、はたまた他の歌人論におよぶ自説を惜しまざりしも

術痕を気にする伊東さんに「そんなことなんでもないよ」と真つ先に言ひき

「前を行く大きいお尻がおんなじ所に入つた鶴岡さんだつた」

小高氏に辛口批評ぶつけにし斎藤氏つぶやく「つまらなくなつちやつた」

霜柱

米粉を雪になぞらへその中にのぞく「霜ばしら」銘菓氷《ひ》の艶

水飴につくる銘菓の「霜ばしら」白条いくつするどくはしる

ＵＳＢほどの大きさの飴の菓子食めばさりさり霜の音する

飴菓子に思ひ出づるは雛菓子を飴にて作りし父の手さばき

職人らみつむる中に火を前に手早く父の細工を為しき

一年に唯《ただ》一日の行事とも父のみ作る飴の雛菓子

雛菓子を作れる父もその手元見つむる職人《でし》らも終始黙せり

籠に盛るあざやかな色の雛《ひひな》菓子うめにさくらにあと何たりし

白みたる庭土もたぐる霜柱危ふきものは透きてかがやく

霜ばしら踏みしめてゆく庭の隅枯れて落ちたる枝が目につく

御師旧家

雪解けの豊かな流れに心禊ぎ御師《おし》戸川家の式台に立つ

御師の家の綿入れの背に「上総国君津郡」の白抜きの文字

「御師しほや」の檀家にわが住む千葉県の民多かりき知る姓いくつ

自在鉤さがる囲炉裏に熾のなく傍へに炎透くるストーブ

檀家にも身分の差あり奥座敷に上段の間と下段の間あり

槙欅大樹となりて見下ろせり二百五十年経し戸川家の庭

窓近く迫るばかりに朝の富士山《ふじ》襞刻々赤く染めつつ

襞赤く朝日に染まりし富士の山白むにつれて退《の》くごとく見ゆ

山峡に射す朝日に棚引ける山霧失せて紅葉の山容

赤富士を仰ぎてひと日途途《みちみち》に全き富士をいくたび見しか

右左雑木一帯のながき道畏れつつのぼる馬返《うまがへし》まで

真白なる富士に対へば信仰の道者ならずもおのづ慎む

雪の斜面ぎざぎざ切れ込む波形の区切る所が樹木限界

馬返に暮るる登山道仰ぐとき「六根清浄」の幻の声

刻む文字おぼろとなりし石碑群富士を崇めし魂の籠もるや

朱と金に輝く社殿のその傍《かたへ》直ぐ大樹の太郎杉あり

北口本宮冨士浅間神社

世界遺産・浅間神社にありがたくわが名読まれて頭《づ》を深く垂る

忍野八海

晩秋の日にも水中明るかりセキショウモの一方に靡く

池の水妖しく碧と瑠璃に透け深き底《そこひ》にいざなふごとし

池の水碧色《みどり》に透けて光線の網目にうごく底は底なし

八メートルの水深さやかに透ける池横穴の口に魚ら向きをり

水中の大き横穴に潜りたる水夫年経て他所に浮きしとふ

土中には富士の湧き水巡りゐむ忍野の村は清水《せいすい》の村

池と池土中で繋がりゐるといふ魚らもしか行き交うてゐむ

スペイン

サグラダファミリア

民族の独立賭けてスペイン語は話さぬといふガイドと一日　カタルーニャ

百三十年経てまだ建造つづけゐるサグラダファミリア代々の夢積まむ　バルセロナ

街中《なか》の聖堂は聖堂らしからず不思議な国のお城のごとし

大小の石の尖塔醬油焼きの焦げたうもろこしの林立のやう

尖塔の先を飾るはダブル十字架、はた花の形、果物もあり

天を突く十余の尖塔人の世の欲望かぎりなしと見ゆるも

正面のキリスト降臨のマリア像仰ぎて未知の世に入るごとし

ガウディの設計に成る聖堂のなかは隅までひかりの満てり

堂内の柱まちまちの石材《いし》の彩《いろ》みせて水晶色の光の交叉

壁と屋根波打つ設計の六階建てまるごと街に笑みそそぎをり

アントニオ・ガウディ作　カサ・ミラ

アルハンブラ宮殿

グラナダの春にマフラー、手袋をしてアルハンブラ宮殿へ向かふ

寄木細工様の幾何学文様を壁にも部屋にも刻む宮殿

室壁の幾何学模様に紛れゐるコーランの文言をガイド指さす

はるかなるシエラネバダ山脈の雪解水ひきゐて潤ふ中世の城

ライオンの噴水の広場に隣りあふ二姉妹の妃の広からぬ部屋

妃《きさき》らには妃の悩みありにけむ城より望む雪の山脈

池の面に逆さに映る宮殿をよろこび見しか美のシンメトリーを

花々の庭とコンサート広場過ぎ夏の離宮へと日陰なき道　ヘネラリフェ庭園

日光の杉並木には及ばざり糸杉並木に大樹の見えず

宮殿の眩《まばゆ》さわすれぬやうに買ふ寄木細工の六角小箱

ラ・マンチャ

ドン・キホーテの針金様の総身像看板にしてみやげ売る店

サフランの産地と聞くも見渡しのいづこも茶色の台地広がる

ラ・マンチャはシエスタの時間人影のあらず風車の羽も止まれり
シエスタは昼寝の時間

シエスタにも商ふひとつ店ありて安価なワインを買ひ即悔やむ

古びたる一つ風車をかつて見し町と異なる　ここもラ・マンチャ

丸きパンの御代りはなし煮込み料理持ちきてさつさとパン籠下げる

ラ・マンチャの煮込み料理と銘打つも味濃くジュースは酸味のつよし

サンチョ・パンサ従ふるドン・キホーテ像其《そ》を撮るだけにバス降ろされる

無彩色のゲルニカの前にたたずめりわれは無彩色の時代を知らず　マドリード

国立ソフィア王妃芸術センター

ジャカランダの紫にあらずと思ひつつ隣の夫にジャカランダと指す

芍薬

産声をあぐるやうに芍薬のつぼみ突き出すはなびらの尖《さき》

二センチのつぼみが百のはなびらを解きゆくなり昨日も今日も

くしやくしやの花弁を二日ととのへて芍薬くれなゐの大輪となる

芍薬のくれなゐ深きはなの央《なか》覗ける花粉金とかがやく

七日目の嬰児《みどりご》古稀の腕に抱きしばらく命の重さに臆す

木の陰の鉢にむらさきつゆくさの一輪咲けりわが古稀の朝

初夏の陽を避けて家並の陰ゆけば門前《かどさき》飾るラベンダーに遇ふ

鳥影と見えゐしハンググライダー潮の香りとともに近づく

足濡らし貝を拾へる児らのゐて浜辺にあざやかな靴五足並《な》む

波に追はれ五等身児の懸命に駆けくる浜辺の父をめざして

梅雨の雲きれて海面のかがやけり汚染の憂ひ無きがごとくに

絶え間なく波は寄せつつこの日頃悩める問ひには答へてくれず

地酒酌む肴にまづはさんが焼今宵ばかりは病みをわすれて

一葉遺る

サングラスの君と吾《あ》肩を組みてゐるボラボラ島での一葉遺《のこ》る

飛鳥Ⅱの船体かたどる祭壇にタキシード着て笑まふうつしゑ

四十八歳の息子を突然亡くしたる嫂に「どうも」と　悔やみの言へず

いつぱいの花に埋もりその上に背広まとへば生きゐるごとし

遺児の女子母に添はれて斎場に着きたりあはれ甥に似る面

初に会ふ甥の遺児書く「鈴木」の姓、わが旧姓を継ぐはこの子か

甥住みし町を目《まなこ》に焼き付けむ　鳴く鳶、街川、坂の上の山

去年《こぞ》兄の三回忌の席七回忌でまた会ひませうと約ししが　噫

今頃は父と何を語りゐむ　互みに過去世の埋め合はせせむ

今日よりは甥の一本足して焚く　父母、二人兄、叔母、甥、先生

二〇一四年七月一日

七月一日自公両党が集団的自衛権の閣議決定案を了承した

老いの日に戦《いくさ》に翻弄さるる日のありや　アウシュビッツの収容所想ふ

速報に俺はもういいが若きら…と言ひさして出でゆく七十五歳

アガパンサスの紫円かに並びをり　二〇一四年七月一日

わが古稀の年に決まりし集団的自衛権なり　呆ければ忘れむ

会見の高村《かうむら》正彦、北側《きたがは》一雄両氏の面固かり歴史に残る日なれば

夕刊に日米合同演習の上陸写真はやも載りをり

七夕の短冊を読むわれの背に千葉空襲の日といふ声す

人間は戦ふことを好むらし　熱狂狂騒続く水無月

サッカーW杯

濠の水また石垣を美しと眺むるは即平和なればこそ

あとがき

本書は私の第五歌集で、平成二十三年から平成二十六年夏までの作品を収録した。ただし、「七年祭り」は千葉県無形文化財で、まる六年毎の行事ゆえ、二十一年と二十七年の作品を合わせて載せた。また、実家を処分した作品があることから、そこに至る過程として、十二年前、昭和十九年の会のアンソロジー『モンキートレインに乗って'60』に載せた作品の一部を「閉店」として加えた。収録数は四四三首である。

この間、最大の事件は、平成二十三年三月十一日の東日本大震災で、同時に東電の原子力発電所事故があった。県内にも犠牲者や被災者が出た。液状化の起こった街も幾つかあった。

私的には、すでに書いたように平成二十五年春に、実家の住まいを叔母の死去で処分した。また、時を同じくして、十三年前に長兄の病気ゆえ閉店した実家の店舗兼住宅が売却されて、事実上私にとって実家が無くなった。人生というのは年を取って行くほどに喜びは減じ悲しみが増えるものだと実感した。加えて、現在は軽減しているが、加齢による身体の故障もあった。そして、時代も変化していく様相である。

そんな諸々の感慨から、題名を『斜度』とした。今より斜度がきつくなるのかゆるくなるのか、或いは逆に昇るようになるのかはこれからのことである。

作品は折々のことを詠んできたもので、「軽雪」、「十月会レポート」、短歌総合紙誌に発表したものである。

この間、心がけてきたことは、写実の原点に帰るということであった。というのは、ひと頃、結社独自の詠風が無くなって、みな似通ってきたということが言われ、一方で、あらためて結社のカラーを出すべきではないかという意見を読んだからである。写実を学んできて、私もすこし他の詠風を学ばなければと意識したことがあったが、結局写実の枠内であがいてきた感があったので、それならば、初心に帰ってと思ったのである。その上で新しさを追求しなければならない訳だが、道は遥かだ。一生勉強なのだろう。

この度は、現代短歌社社長の道具武志様から歌集出版のお声をかけて頂いた。道具様はじめ今泉洋子様、スタッフの皆様にお世話になりました。心よりお礼を申し上げます。装幀の間村俊一様ありがとうございました。

平成二十八年二月

鶴岡美代子

著者略歴

昭和19年　群馬県前橋市に生る
昭和61年　「軽雪」入会、土屋正夫に師事
　現在　「軽雪」編集発行人
　　　　現代歌人協会会員
　　　　日本歌人クラブ会員
　　　　十月会会員
　　　　昭和19年の会会員
歌集　『蓮』『宇宙方程式』『緑風抱卵』『日付変更線』第１歌集文庫『蓮』
歌書　随聞記『書斎の会話——土屋正夫の歌』評論集『道はひとつ——土屋正夫の歌』

歌集 斜度　　軽雪叢書第52篇

平成28年５月13日　発行

著　者　鶴岡美代子
発行人　道具武志
印　刷　㈱キャップス
発行所　**現代短歌社**
〒113-0033 東京都文京区本郷1-35-26
振替口座　00160-5-290969
電　　話　03（5804）7100
定価2500円（本体2315円＋税）
ISBN978-4-86534-149-2 C0092 ¥2315E